COUVERTURES SUPERIEURE ET INFERIEURE D'IMPRIMEUR

LE
CHAUDRONNIER.

—

2ᵉ SÉRIE GRAND IN-32.

LE
CHAUDRONNIER

PAR

MADAME DE GENLIS.

LIMOGES
EUGÈNE ARDANT ET Cie, ÉDITEURS.

Propriété des Éditeurs.

LE
CHAUDRONNIER.

—◆—❈—◆—

Le roi d'Angleterre, Jacques II, contraint d'abandonner son royaume, vint se réfugier en France; Louis XIV lui donna un asile à Saint-Germain, où vinrent aussi se fixer quelques sujets fidèles qui l'avaient suivi. Madame de Varonne, dont je vais vous conter l'histoire, était d'une famille irlandaise qui avait suivi Jacques II dans l'exil : tout le temps que vécut son mari, elle jouit d'une honnête aisance; mais devenue veuve, et se trouvant sans protection, sans parents, elle n'eut pas le crédit d'obtenir de la cour une partie de la pension qui avait fait subsister son mari. Cependant elle écrivit aux ministres, elle envoya plusieurs placets ; on lui répondit « qu'on mettrait sa demande sous les yeux du roi. »

Deux ans se passèrent sans qu'elle vît ses espérances se réaliser. Enfin, ayant renouvelé ses sollicitations, elle reçut un refus formel; il ne lui fut pas possible de s'aveugler sur son sort. Sa situation était déplorable ; depuis deux ans elle avait été obligée de vendre successivement pour vivre son argenterie et une partie de ses meubles; il ne lui restait aucune ressource. Son goût pour la solitude, sa piété solide et sa mauvaise santé l'avaient toujours tenue éloignée de la société, et particulièrement depuis la mort de son mari.

Elle se trouvait donc sans appui, sans amis, sans espérance, dénuée de tout, plongée dans la plus affreuse misère, et, pour comble de maux, elle avait cinquante ans et une santé délabrée. Dans cette extrémité elle eut recours au véritable dispensateur des consolations et des grâces, à celui qui pouvait changer son sort ou lui donner le courage d'en supporter patiemment la rigueur; elle se jeta à genoux et pria Dieu avec confiance; s'élevant bientôt au-dessus d'elle-même, elle sentit le calme renaître dans son âme et envisagea d'un œil ferme tout ce que son état avait d'affreux.

— Eh bien ! dit-elle, puisqu'il faut un jour la perdre, cette existence fragile, qu'importe qu'elle soit anéantie par le dernier terme de la misère ou par une maladie ! qu'importe de mourir sous un dais ou sur de la paille ! Ma mort en sera-t-elle plus douloureuse, parce que je n'aurai rien à regretter sur la terre ? Non, sans doute ; au contraire, je n'aurai besoin ni d'exhortation ni de courage ; je n'aurai point de sacrifice à faire : abandonnée de tout le monde, je ne penserai qu'à celui qui régit l'univers ; je le verrai prêt à me récompenser, et j'attendrai la mort, le plus précieux de ses bienfaits...

Quel courage ! direz-vous, mes enfants ; est-il possible de mourir sans regretter un peu la vie ? Mais songez que madame de Varonne n'avait point d'enfants, qu'elle n'avait plus ni père ni mari, et qu'il ne lui restait aucune affection en ce monde. D'ailleurs, la religion peut donner cette sublime résignation, et je vous ai déjà dit que madame de Varonne avait une piété solide.

Comme elle réfléchissait sur sa destinée, Ambroise, son domestique, entra. Il est nécessaire de vous faire connaître cet Ambroise. C'était un homme de quarante ans, qui depuis vingt années servait madame de Varonne, ne sachant ni lire ni écrire. Brusque, taciturne, grondeur, il avait toujours eu l'air de mépriser ses camarades, de bouder ses maîtres; sa mine constamment refrognée, son humeur chagrine, rendaient son service

peu agréable. Cependant son exacti-
tude, sa bonne conduite l'avaient toujours fait regarder comme un excel-
lent sujet et un domestique précieux.
On ne lui connaissait que les qualités
essentielles, et pourtant il possédai
des vertus sublimes ; sous un exté-
rieur si grossier, il cachait l'âme la
plus sensible et la plus élevée.

Madame de Varonne, quelque temps
après la mort de son mari, avait ren-
voyé les gens attachés à son service, et n'avait gardé qu'une cuisinière, une servante et Ambroise. Enfin elle se voyait contrainte de con-
gédier encore ces trois domestiques.
Ambroise, comme je vous le disais,
entra : on était en hiver ; il tenait une
bûche et allait la mettre au feu lorsque
madame de Varonne lui dit :

— Ambroise, il faut que je vous parle.

Le ton ému avec lequel madame de Varonne prononça ces mots frappa Ambroise; posant sa bûche sur le plancher, et regardant sa maîtresse :

—Mon Dieu ! Madame, dit-il, qu'est-ce qu'il y a ?

— Ambroise, savez-vous ce que je dois à la cuisinière ?

— Vous ne lui devez rien, Madame, ni à moi, ni à Marie, vous avez payé le mois hier...

— Ah ! tant mieux : je ne m'en souvenais pas. Eh bien ! Ambroise, je vous charge de dire à la cuisinière et à Marie que je n'ai plus besoin de leurs services... Et vous-même, mon cher Ambroise, il faut que vous cherchiez une autre condition

— Une autre condition !... Que voulez-vous dire ? je veux mourir à votre service ; je ne vous quitterai point, quoi qu'il arrive...

— Ambroise, vous ne connaissez pas ma situation.

— Madame, vous ne connaissez pas Ambroise... Eh bien ! si l'on vous retranche de votre pension et que vous n'ayez pas le moyen de payer vos gens, renvoyez les autres, à la bonne heure ; mais moi, je n'ai pas mérité d'être chassé avec eux.

— Mais, Ambroise, je suis ruinée, entièrement ruinée. Tout ce que je possédais, je l'ai vendu, et l'on m'ôte ma pension...

— On vous ôte votre pension ?... ça ne se peut pas.

— Rien n'est plus vrai, cependant.

— Ah ! bon Dieu !

— Il faut respecter, adorer les décrets de la Providence, et s'y soumettre sans murmure, mon bon Ambroise. Pourtant, dans mon malheur, j'éprouve une grande consolation, c'est de me sentir parfaitement résignée. Tant d'êtres sur la terre, tant de familles vertueuses se trouvent dans la situation où je suis !... Moi, du moins, je n'ai point d'enfants ; je souffrirai seule : c'est peu souffrir...

— Non, non, s'écria Ambroise d'une voix entrecoupée, non, vous ne souffrirez pas. J'ai des bras, je sais travailler...

— Mon cher Ambroise, interrompit madame de Varonne attendrie, je n'ai jamais douté de votre attachement... Je n'en abuserai point. Voici seulement ce que j'en attends : c'est que vous alliez me louer une petite chambre à un cinquième étage. J'ai encore quelque argent, il me suffira pour deux ou trois mois. Je travaillerai, je coudrai. Cherchez-moi dans Saint-Germain quelques pratiques : voilà tout ce que je vous demande, et tout ce que vous pourrez faire pour moi.

Ambroise était resté immobile devant sa maîtresse, la considérant en silence ; lorsqu'elle eut fini de parler, il tomba à ses pieds.

— Ah ! ma respectable maîtresse, s'écria-t-il, recevez le serment du pauvre Ambroise ; je m'engage à vous servir jusqu'à la fin de ma vie !... et de meilleur cœur, avec plus de respect et d'obéissance que jamais je n'ai fait. Depuis vingt ans je suis nourri, habillé chez vous ; vous me faites vivre, vous me rendez la vie heureuse. J'ai bien souvent mésusé de votre bonté et de votre patience. Ah ! Madame, pardonnez-moi toutes les fautes que m'a fait commettre envers vous mon mauvais caractère. Je les réparerai, soyez-en sûre ; je demande des jours au bon Dieu pour cela.

En achevant ces mots, Ambroise, tout en larmes, se releva et sortit précipitamment, sans attendre de réponse.

Vous jugez facilement de quelle vive et profonde reconnaissance le cœur de madame de Varonne dut être pénétré. Au bout de quelques minutes, Ambroise revint ; il tenait un pe-

tit sac de peau, et le posant sur la
cheminée :

— Grâce à Dieu, dit-il, grâce à vous,
Madame, et à défunt Monsieur, il y
a là-dedans trente louis. Cet argent
vient de vous, il vous appartient...

— Ambroise! le fruit de vos épar-
gnes durant vingt ans! je ne puis ac-
cepter...

— Quand vous aviez de l'argent,
vous m'en donniez. Quand vous n'en
avez plus, je vous le rends. L'argent
n'est bon qu'à cela. Je sais bien que
cette petite somme ne peut pas tirer
Madame d'embarras ; mais voici comme je compte m'arranger. Il faut que
Madame se souvienne que je suis le
fils d'un chaudronnier, et que je n'ai
pas oublié mon premier métier ; car,
dans mes moments perdus, et quel-

quefois quand Madame me permettait de sortir, j'allais chez Nicault, un de mes pays, qui est chaudronnier, et je travaillais chez lui pour me distraire. Eh bien! à présent je travaillerai sérieusement, et avec quel courage!...

— Ah! c'en est trop, s'écria madame de Varonne; vertueux Ambroise, dans quel état indigne de vous le sort vous a-t-il placé!...

—J'en suis content, reprit Ambroise, si Madame peut s'accoutumer à son changement de situation.

— Votre attachement, Ambroise, doit me consoler de tout. Mais vous voir souffrir pour moi!

—Souffrir en travaillant, et quand ce travail vous sera utile! De pareilles souffrances me rendront heureux. Dès demain je me mets à l'ouvrage.

2

Nicault, qui est un brave homme, ne m'en laissera pas manquer. Il est accrédité dans Saint-Germain ; il a justement besoin d'un bon compagnon ; je suis fort, je ferai bien l'ouvrage de deux, et tout ira pour le mieux.

Madame de Varonne, ne trouvant pas d'expression pour témoigner son admiration, levait les yeux au ciel, et ne répondait que par des pleurs.

Le lendemain, la cuisinière et la servante furent congédiées. Ambroise loua dans Saint-Germain une petite chambre bien propre, bien claire, à un troisième étage, la meubla du peu de meubles qui restaient à sa maîtresse, et y conduisit madame de Varonne. Elle y trouva un bon lit, un grand fauteuil bien commode, une petite table avec une écritoire et du papier, au-dessus de laquelle ses livres étaient rangés sur cinq ou six planches; une grande armoire qui contenait son linge, ses robes, et une provision de fil pour travailler; un couvert d'argent, car Ambroise ne voulait pas qu'elle mangeât dans de l'étain, et la bourse de peau qui contenait les trente louis. Dans un coin de la chambre, derrière un rideau, était cachée la petite vaisselle de terre qui devait servir à la cuisine de madame de Varonne.

— Voilà, dit Ambroise, tout ce que j'ai pu trouver de mieux pour le prix que Madame voulait mettre à son loyer. Il n'y a qu'une chambre; mais la servante couchera sur un matelas roulé sous le lit de Madame...

— Comment! la servante? interrompit madame de Varonne.

— Certainement. Madame peut-elle se passer d'une servante pour faire son pot-au-feu, ses commissions, pour la déshabiller ?...

— Mais, mon cher Ambroise !...

— Oh ! cette servante-là ne vous coûtera pas cher : c'est une enfant de treize ans : vous ne lui donnerez point de gages, et elle vivra des restes de Madame. Pour ce qui est de moi, j'ai fait arrangement avec Nicault. Je lui ai dit que j'avais été compris dans la réforme que Madame a été forcée de faire ; que j'étais dans le besoin, et ne demandais pas mieux que de travailler. Nicault, qui est riche, et de plus un brave homme, me couchera chez lu' : c'est à deux pas d'ici ; il me nourrira et me donnera vingt sous par jour. La vie est à bon marché à

Saint-Germain : ainsi, avec vingt sous par jour Madame pourra vivre tout doucement, d'autant qu'elle a quelques provisions et un peu d'argent comptant. Je n'ai pas voulu dire tout cela devant la petite Suzanne, votre nouvelle servante. A présent je vais vous la chercher.

Ambroise sortit aussitôt, et revint un moment après, tenant par la main une jolie petite fille, qu'il présenta à madame de Varonne.

— Voici la jeune fille dont j'ai eu l'honneur de parler à Madame. Son père et sa mère sont pauvres, mais laborieux ; ils ont six enfants, et Madame fera une très-bonne action en prenant celle-ci à son service.

Après ce préambule, Ambroise, d'un ton sévère, exhorta Suzanne à se bien

contraire ; ensuite il prit congé de
madame de Varonne, et s'en alla chez
son ami Nicault.

Qui pourrait dire tout ce qui se passait au fond de l'âme de madame de
Varonne ? Elle était pénétrée de reconnaissance et d'admiration, et ne
revenait pas de la surprise que lui
causait le changement subit dans les
manières et dans l'humeur d'Ambroise ; cet homme, toujours si brusque, si grossier, ne paraissait plus
être le même ; depuis qu'il était de-
venu son bienfaiteur, il n'était pas re-
connaissable : il joignait les égards
aux procédés, la délicatesse à l'hé-
roïsme, et son cœur lui avait appris
en un moment tout ce qu'on doit de
ménagement et de respect aux infor-
tunés. On voyait qu'il sentait com-

bien sont sacrées les obligations que
nous imposent nos propres bienfaits,
et que l'on n'est pas véritablement généreux si l'on humilie, ou seulement si
l'on embarrasse le malheureux que
l'on secourt.

Le lendemain du jour où madame
de Varonne prit possession de son
nouveau domicile, elle ne vit pas
Ambroise de la journée, parce qu'il
travaillait; mais il vint le soir un
moment, et pria madame de Varonne
de donner une commission à Suzanne;
quand il se trouva seul avec sa maîtresse, il tira de sa poche vingt sous
enveloppés dans du papier, et les posant sur la table.

— Voilà, dit-il, ma journée.

Alors, sans attendre de réponse, il
appela Suzanne, et retourna chez Ni-

cault. Après un semblable emploi de
sa journée, que le sommeil doit être
paisible et le réveil doux ! Par ce que
nous éprouvons en faisant une bonne
action, jugeons de la satisfaction
inexprimable que procure une action
héroïque.

Ambroise, fidèle aux devoirs qu'il
s'était imposés, venait tous les jours
faire une visite à madame de Varonne,
et déposer chez elle le fruit du travail
de sa journée ; il ne se réservait, au
bout de chaque mois, que l'argent nécessaire pour payer son blanchis-
sage ; et celui qu'il dépensait le di-
manche pour boire quelques bouteil-
les de bière, il le demandait à madame
de Varonne et le recevait comme un
don.

En vain madame de Varonne, affligée de dépouiller ainsi le généreux Ambroise, voulait lui persuader qu'elle pourrait vivre en lui coûtant moins ; Ambroise alors ne l'écoutait pas, ou paraissait l'entendre avec tant de peine, qu'elle était bientôt forcée de se taire.

Dans l'espoir d'engager Ambroise à se procurer un peu plus d'aisance, madame de Varonne, de son côté, se livrait presque sans relâche à des travaux d'aiguille : Suzanne l'aidait et allait vendre son ouvrage ; mais quand madame de Varonne parlait à Ambroise du profit qu'elle retirait de son travail, il répondait simplement *tant mieux*, et parlait d'autre chose. Le temps n'apporta nul changement dans sa conduite, durant quatre ans entiers on ne le vit jamais se démentir un seul instant.

Enfin le moment approchait où madame de Varonne devait ressentir le chagrin le plus déchirant pour son cœur. Un soir qu'elle attendait Ambroise, comme à l'ordinaire, elle vit entrer dans sa chambre la servante de Nicault, qui vint lui dire qu'Ambroise était malade, qu'il avait été forcé de se mettre au lit. A cette nouvelle, madame de Varonne pria la servante de la conduire sur-le-champ chez Nicault, et en même temps elle ordonna à Suzanne d'aller chercher un médecin. Madame de Varonne, en arrivant chez Nicault, causa beaucoup de surprise à ce dernier, qui ne l'avait jamais vue. Elle lui dit qu'elle voulait aller dans la chambre d'Ambroise.

— Mais, Madame, reprit Nicault, impossible...

— Comment ?

— Il faut monter une échelle pour arriver à ce grenier...

— Une échelle !... Ah ! pauvre Ambroise !... Je vous en prie, conduisez-moi...

— Mais, Madame, encore une fois, vous risquerez de vous rompre le cou ; et puis, vous ne pourrez vous tenir debout chez Ambroise : il est niché dans un si vilain trou !

A ces mots, madame de Varonne eut peine à retenir ses pleurs ; et priant de nouveau Nicault de la guider, elle arriva au bas d'une petite échelle qu'elle monta difficilement, et qui la conduisit à un grenier où elle trouva Ambroise couché sur une paillasse.

—Mon cher Ambroise, s'écria-t-elle en le voyant, dans quel état je vous

trouve ! Et vous disiez que votre logement vous plaisait, que vous étiez
bien !...

Ambroise n'était pas en état de répondre à madame de Varonne ; depuis
près d'une heure il n'avait plus sa
tête : madame de Varonne s'en aper-
cevant bientôt, se livra à toute sa
douleur. Enfin, Suzanne revint avec
un médecin : ce dernier, en entrant
dans le galetas d'Ambroise, fut étran-
gement surpris de voir auprès de la
paillasse d'un pauvre garçon chaudronnier une dame décemment mise,
dont l'air distingué annonçait la naissance, et qui paraissait accablée de
désespoir. Il s'approcha du malade,
l'examina attentivement, et dit qu'on
l'avait appelé trop tard. Jugez de l'é-
tat de madame de Varonne, lors-

qu'elle entendit prononcer ce funeste arrêt. « Aussi, dit Nicault, c'est sa faute, à ce pauvre Ambroise : il y a plus de huit jours qu'il est malade et que je voulais l'empêcher de travailler ; mais il allait toujours son train. Il ne s'est alité que ce matin, encore nous avons eu bien de la peine à le décider. Pour entrer chez nous, il s'était chargé de plus d'ouvrage qu'il n'en pouvait faire ; il s'est tué à force de travailler. »

Chaque mot de Nicault était un trait mortel pour la malheureuse madame de Varonne. Elle s'avança vers le médecin, et, les mains jointes, elle le conjura de ne pas abandonner Ambroise. Le médecin avait de l'humanité ; d'ailleurs, sa curiosité était vivement excitée : il promit de passer une partie de la nuit auprès d'Ambroise. Madame de Varonne envoya chercher chez elle des matelas, des couvertures, du linge : dès qu'elle eut préparé avec Suzanne un lit pour Ambroise, le médecin et Nicault l'y posèrent doucement; alors madame de Varonne se jeta sur une escabelle de bois, et donna un libre cours à ses pleurs. Sur les quatre heures du matin, le médecin se retira, après avoir soigné le malade et promis de revenir à midi.

Vous pensez bien que madame de Varonne ne quitta pas Ambroise un moment; elle passa quarante-huit heures à son chevet sans recevoir du médecin la plus légère espérance; enfin, le troisième jour, il annonça qu'il croyait entrevoir du mieux, et le soir même il déclara qu'il répondait de la vie d'Ambroise.

Je ne vous peindrai point la joie, les transports de madame de Varonne en voyant Ambroise hors de danger ; elle voulait le veiller encore la nuit suivante ; mais Ambroise, qui avait recouvré sa connaissance, ne voulut pas y consentir. Elle s'en retourna accablée de fatigue. Le médecin se présenta le lendemain chez elle ; il lui témoigna tant d'intérêt, il paraissait si touché des soins qu'elle avait eus pour Ambroise, que madame de Varonne ne put se défendre de répondre à ses questions. Elle satisfit sa curiosité, et lui conta son histoire.

Tois jours après cette confidence, le médecin, qui n'habitait pas ordinairement Saint-Germain, fut obligé

de retourner à Paris ; il partit précipitamment, laissant Ambroise en con-
valescence.

Cependant madame de Varonne se
trouvait dans une situation critique ;
en huit jours elle avait dépensé pour
Ambroise le peu d'argent qu'elle possédait : elle en avait assez pour vivre
encore quatre ou cinq jours ; mais
alors Ambroise ne serait pas en état
de se remettre à l'ouvrage, et elle fré-
missait en songeant que la nécessité
le contraindrait à travailler, au risque
de retomber malade. Elle sentit l'hor-
reur de sa situation, et se reprocha
amèrement d'avoir accepté les se-
cours du généreux Ambroise. « Sans
moi, disait-elle, il serait heureux,
son travail aurait pu lui procurer une
honnête subsistance ; son attache-

ment pour moi lui a ravi son bonheur.... et peut lui coûter la vie !... Et moi, je mourrai sans m'acquitter... M'acquitter !... et quand il me serait possible de disposer à mon gré des événements, pourrais-je m'acquitter jamais ? Dieu seul la saurait payer, cette dette sacrée ! Dieu seul peut récompenser dignement à une vertu si sublime !... »

Un soir que madame de Varonne était profondément absorbée dans ses douloureuses réflexions, Suzanne, tout essoufflée, entra dans sa chambre, et lui dit qu'une belle dame demandait à la voir.

— Elle se trompe sûrement, répondit madame de Varonne.

— Non, non, elle a dit comme ça : « Madame de Varonne, qui demeure

» ici, chez monsieur Daviet, au troi-
» sième étage sur la cour ? »

Elle disait cela de sa voiture, une
voiture avec quatre beaux chevaux.
Moi, j'étais sur le pas de la porte.

— Madame, ai-je fait, c'est ici.

— Voulez-vous bien aller dire à
madame de Varonne que je lui demande en grâce de m'accorder un moment d'entretien ?

— Là-dessus j'ai pris mes jambes à
mon cou...

En ce moment on entendit frapper
doucement à la porte ; madame de Varonne se leva avec une extrême émotion pour aller ouvrir : une dame se
présenta d'un air timide et attendri.
Madame de Varonne renvoya Suzanne.

— Je suis charmée, Madame, lui

dit l'inconnue, de vous annoncer que le roi vient enfin d'être informé de votre situation, et qu'il a bien voulu réparer les injustices de la fortune envers vous...

—Oh ! Ambroise !... s'écria madame de Varonne en joignant les mains et les élevant avec l'expression de la reconnaissance la plus vive !...

A cette exclamation, l'inconnue ne put retenir ses larmes ; elle s'approcha de madame de Varonne, et lui prenant affectueusement les mains :

— Venez, Madame, lui dit-elle, venez dans le nouveau logement qui vous est préparé !

— Ah ! Madame, interrompit madame de Varonne, comment vous exprimer... Mais si j'osais... je vous demanderais la permission... Madame,

j'ai un bienfaiteur, daignez souffrir
qu'avant tout j'aille l'instruire...

— Vous avez toute liberté, reprit
l'inconnue ; dans la crainte de vous
gêner, je ne vous demanderai pas à
vous accompagner jusqu'à votre maison, j'irai de mon côté ; mais je veux
vous conduire à votre voiture, qui
vous attend à la porte...

— Ma voiture !...

— Oui, Madame, ne perdons plus de
temps, venez.

En disant ces mots, l'inconnue, don-
nant le bras à madame de Varonne,
qui pouvait à peine se soutenir sur
ses jambes, descendit avec elle. Arri-
vée près de la porte, l'inconnue dit à
un laquais qui l'attendait :

— Appelez les gens de madame de
Varonne.

Cette dernière croyait rêver. Son étonnement s'accrut encore en voyant un laquais vêtu de gris faire approcher une voiture simple et commode. La dame inconnue fit ouvrir la portière du carrosse, y fit entrer madame de Varonne, et la quitta pour aller rejoindre sa voiture. Le nouveau laquais de madame de Varonne lui demanda ses ordres ; il fut prié bien poliment, et avec une voix tremblante, de prendre le chemin de la maison de monsieur Nicault le chaudronnier.

Concevez-vous, mes enfants, la vive émotion, le battement de cœur que la vue de cette maison dut causer à madame de Varonne ?... Elle tira le cordon et ouvrit elle-même la portière ; et s'appuyant sur le bras de son laquais, elle entra dans la boutique de Nicault.

La première personne qu'elle aperçut, ce fut Ambroise lui-même dans ses habits de travail ; Ambroise, à peine convalescent, mais qui, malgré sa faiblesse, avait voulu essayer de se remettre à l'ouvrage. En le voyant, madame de Varonne éprouva un attendrissement d'une douceur inexprimable. Il travaillait pour elle, et elle venait l'arracher pour toujours à ses travaux pénibles, à la misère, à la fatigue. Elle goûtait dans toute sa pureté tout le bonheur que peut procurer la reconnaissance la plus profonde.

— O mon cher Ambroise ! s'écriat-elle avec transport, venez, suivez-moi... quittez ces travaux ; vous ne les reprendrez plus ; votre sort est changé... Venez, ne différez pas davantage.

Ambroise, frapppé d'étonnement, demandait en vain des explications ; il voulait du moins obtenir le temps nécessaire pour s'habiller et se revêtir de ses habits des dimanches ; mais madame de Varonne n'était pas en état de l'écouter ni de lui répondre. Elle l'entraîna avec elle, et le força de monter dans sa voiture.

— Madame veut-elle aller dans sa nouvelle maison ? demanda son laquais. Madame de Varonne tressaillit à ces mots.

— Oui, répondit-elle en regardant Ambroise, menez-nous dans *notre maison.*

Pendant le chemin, madame de Varonne instruisit Ambroise de la visite de la dame inconnue. Ambroise l'écoutait avec une joie mêlée de crainte et de doute, il osait à peine croire à un bonheur si extraordinaire, si inespéré. Enfin, la voiture s'arrêta à la porte d'une jolie petite maison dans la forêt de Saint-Germain. Madame de Varonne et Ambroise descendirent et entrèrent dans un salon où les attendait la dame inconnue. Cette dernière s'avançant vers madame de Varonne, et lui présentant un papier :

— Voici, Madame, lui dit-elle, ce que le roi a daigné me charger de vous remettre ; c'est le brevet d'une pension de dix mille livres, et de plus la liberté d'assurer la moitié de cette pension à la personne que vous voudrez désigner...

— Cette personne, la voici ! s'écria madame de Varonne. Voilà l'homme vertueux et sublime, digne de votre protection et des grâces de notre souverain.

A ces mots, Ambroise, qui jusquelà s'était tenu caché derrière sa maîtresse, sentit augmenter son embarras; il fit quelques pas en arrière, en ôtant son bonnet. Malgré l'excès de sa joie, il éprouvait une confusion pénible de s'entendre louer de la sorte; d'ailleurs, il était honteux de paraître devant la dame inconnue sans perruque, avec son tablier de cuir et sa veste sale; et il regrettait un peu son habit des dimanches... L'inconnue s'approcha de lui.

— Ambroise, lui dit-elle, laissez-moi vous regarder un moment...

— Mon Dieu! Madame, reprit Ambroise en baissant la tête et en tournant son bonnet dans ses mains, je n'ai rien fait que de bien naturel : il n'y a pas là de quoi s'étonner.

Madame de Varonne l'interrompit pour raconter tout ce qu'elle devait à Ambroise. L'inconnue, vivement attendrie, soupira, et levant les yeux au ciel :

— Enfin, dit-elle, après avoir vu tant d'ingrats, j'ai le bonheur de découvrir deux cœurs vraiment sensibles et reconnaissants ! Adieu, Madame : cette maison et les meubles qu'elle contient vous appartiennent, et dans un moment vous allez toucher le premier quartier de votre pension.

En achevant ces mots, l'inconnue fit quelques pas vers la porte. Madame de Varonne courut à elle, et, le visage baigné de larmes, se précipita à ses genoux. L'inconnue la releva, l'embrassa affectueusement et sortit. Au même moment on vint annoncer le médecin auquel Ambroise devait la vie...

Après lui avoir témoigné toute la reconnaissance dont elle était pénétrée, madame de Varonne le questionna, et le médecin lui apprit que l'inconnue se nommait madame de P..., qu'elle habitait Versailles, où elle avait un grand crédit.

— Depuis dix ans, continua-t-il, je suis son médecin : je connaissais sa bienfaisance, j'étais certain de l'intéresser vivement en lui contant votre histoire. En effet, aussitôt qu'elle en a su les détails, elle a fait l'acquisition de cette petite maison, et obtenu du roi la pension dont elle vous a donné le brevet.

Comme le médecin achevait ce récit, un laquais entra et dit à madame de Varonne qu'elle était servic. Elle retint le médecin à souper, et, s'appuyant sur le bras d'Ambroise, elle passa dans la salle à manger. Ambroise fut invité à s'asseoir à côté d'elle, mais il s'en défendit, en disant qu'il n'était pas fait pour se mettre à table avec elle.

— Eh quoi ! reprit-elle, mon bienfaiteur et mon ami n'est-il pas mon égal ?

Le modeste, le généreux Ambroise obéit, et madame de Varonne, placée entre lui et le médecin, goûta dans cette heureuse soirée un bonheur inexprimable.

Vous jugez bien qu'Ambroise, le lendemain, grâce à madame de Varonne, eut des habits convenables à sa nouvelle fortune; que son appartement fut meublé, arrangé avec autant de recherche que de soin; que madame de Varonne partagea toujours avec lui tout ce qu'elle possédait, et qu'enfin elle ne reçut jamais d'argent sans se rappeler avec un profond attendrissement ce temps où le fidèle Ambroise lui apportait ses vingt sous en lui disant :

— *Voilà ma journée.*

Cette histoire, mes enfants, prouve qu'il n'est point de classe, point d'état où l'on ne puisse rencontrer des vertus héroïques. Il est bien rare qu'une belle action reste longtemps secrète et n'obtienne pas une éclatante récompense.

LE MYOSOTIS.

Emilie, fille de M. Maurice, riche propriétaire, était d'un aimable caractère : elle songeait toujours à ce qui pouvait plaire aux autres, et s'efforçait d'obliger toutes les personnes qui l'entouraient ; elle était charitable envers les pauvres et consacrait à les soulager une partie de l'argent que son père lui donnait pour sa toilette et ses plaisirs.

Cependant un défaut fâcheux ternissait ces précieuses qualités, et lui donnait auprès de ceux qui ne la connaissaient qu'imparfaitement la réputation d'une jeune fille sans humanité et fort disposée à trahir ses promesses : elle était extrêmement *oublieuse.* A peine avait-elle promis quelque chose, à peine avait-elle pris et exprimé une résolution, que déjà elle ne s'en souvenait plus. Toute entière au moment présent, elle laissait complètement échapper le passé de sa mémoire.

Promettait-elle de secourir un infortuné, il fallait que sa bonne lui rappelât sa promesse, ou que le malheureux lui-même ne la lui laissât pas oublier.

Elle avait, d'accord avec une de ses amies, pris l'engagement de payer le prix du pain d'une pauvre femme de quatre-vingts ans ; chaque mois son amie était obligée de payer seule et de se faire rembourser par Emilie ; jamais celle-ci ne songeait à la pauvre femme.

Une fois, elle voulut habiller une petite fille, pour la première communion. Elle acheta une partie de ce qui était nécessaire, et oublia le reste; de telle sorte que la pauvre enfant ne put se présenter avec ses compagnes à la sainte table.

Enfin elle avait des pigeons qu'elle aimait beaucoup et qu'elle voulait soigner seule ; il se passait rarement une semaine sans qu'elle les laissât souffrir de la soif ou de la faim ; et cependant elle eût regardé comme une cruauté de faire endurer inutilement la moindre douleur à un animal, eût-ce été à une araignée.

Quand son étourderie avait causé

quelque mal, elle s'en affligeait et se promettait bien de se corriger; mais cette promesse n'était pas mieux tenue que les autres.

Dans le voisinage de la maison de M. Maurice, qui habitait la campagne, vivait un ancien officier de cavalerie, qui, retiré du service avec une petite pension, avait grand'peine à suffire à ses besoins et à ceux de Sophie, sa fille unique.

Lorsque Sophie atteignit l'âge de quatorze ans, la bonne éducation qu'elle avait reçue la mit en état d'ajouter quelques bénéfices au mince revenu de son père; elle donnait des leçons de dessin, de grammaire, et même de musique aux jeunes demoiselles du voisinage; mais, vers le même temps, son père fut atteint d'in-

firmités, suites des nombreuses bles-
sures qu'il avait reçues et des longues
fatigues qu'il avait supportées, bientôt il lui fut impossible de sortir de
son lit. Sophie lui tenait compagnie
aussi souvent qu'il lui était possible,
et l'amusait par sa conversation.

Pour occuper utilement ces instants
qu'elle lui consacrait, elle faisait, tout
en causant, des broderies délicates et
d'autres travaux difficiles, qu'elle ven-
dait ensuite aux gens riches des envi-
rons. Ce fut ainsi qu'elle se trouva
faire la connaissance d'Emilie.

Dès que celle-ci la vit, elle se sentit portée vers elle d'amitié et demanda à sa mère la permission de culti-
ver sa connaissance. Madame Maurice
ayant appris combien était louable la
manière d'agir de Sophie, autorisa

Emilie à recevoir ses visites et à les lui rendre. Les deux jeunes filles devinrent en peu de temps les meilleures amies du monde.

Emilie employait des moyens indirects pour procurer à Sophie de petits bénéfices ; si elle avait un cadeau à faire à sa mère, à son père, c'était toujours quelque ouvrage de Sophie qu'elle voulait donner. Bientôt elle désira prendre des leçons de broderie, Sophie lui en donna et elle la fit payer généreusement, puis on congédia, à sa demande, son maître de dessin, artiste en réputation, qui venait de la ville voisine, et ce fut encore Sophie qui en tint lieu ; les parents d'Emilie voyaient et approuvaient ses bonnes intentions.

Néanmoins, il arrivait bien souvent

qu'à cause de son malheureux défaut
mademoiselle Maurice causait de vifs
chagrins à son amie ; dans mille cir-
constances elle lui faisait des promesses et ne les tenait pas. Ainsi,
madame Maurice étant tombée malade, on fit venir de Paris un très-célè-
bre médecin, pour obtenir de lui une
consultation. Emilie avait promis de
mener ce médecin chez le père de Sophie ; celle-ci espérait qu'il pourrait
indiquer quelque remède qui guéri-
rait ou soulagerait le vieil officier. Le
médecin vint, rassura complètement
M. Maurice sur la maladie de sa femme. Emilie en eut grande joie, et dans
sa joie elle oublia sa promesse. Le
médecin ne partit que le lendemain,
et il partit sans avoir visité le père
de Sophie, quoiqu'il eût suffi de le lui

demander pour que la chose eût été faite.

Emilie eut un grand chagrin de cette négligence ; elle en fit bien sincèrement ses excuses à Sophie et au malade, mais son chagrin ne remédia à rien ; le vieil officier avait peut-être manqué une occasion de guérir.

Quelque temps après, Emilie voulut faire un dessin pour la fête de sa mère, elle pria son amie d'aller à la ville voisine lui choisir un modèle convenable.

— Je ne puis, disait-elle, y aller moi-même ni envoyer quelqu'un de la maison sans en donner le motif; dans l'un et l'autre cas, ma mère le saurait, et je tiens à la surprendre.

— Sophie lui fit observer qu'elle ne

pouvait laisser son père si longtemps seul.

— Eh bien! ma chère, pendant que vous soignerez ma mère, moi je resterai près de votre père. Allez sans crainte, je lui tiendrai fidèle compagnie jusqu'à votre retour. Je vais mettre mon chapeau et me rendre chez vous de ce pas.

Effectivement, Emilie sortit en même temps que Sophie; mais à peine l'eut-elle quittée, qu'elle rencontra une de ses tantes qui, accompagnée de ses deux filles, venait faire visite à madame Maurice.

Emilie ne put se dispenser de venir avec les dames auprès de sa mère; là, au lieu de leur faire connaître qu'un devoir l'obligeait à s'absenter pour quelques heures, le devoir, la promesse sortirent de sa tête, et elle passa le reste de la journée sans songer qu'elle laissait dans l'isolement un pauvre malade qui avait besoin de compagnie et peut-être même de soins.

La tante et les deux cousines restèrent encore le lendemain près de la malade. Emilie, en les menant promener dans le village, passa devant la porte de Sophie, et tout-à-coup sa conduite de la veille, sa négligence coupable se présentèrent à son esprit; elle aurait bien voulu passer outre, car elle s'attendait à de justes reproches; elle ne le put. Sophie, qui l'avait aperçue par sa fenêtre, vint au-devant d'elle et la pria d'entrer se reposer un instant avec ses deux cousines. Elle se garda bien de lui adresser un seul mot de plainte en présence des étrangères, et sembla même ne songer qu'à faire les honneurs de la petite maison ; elle montra ses dessins, ses broderies, de jolies fleurs qu'elle cultivait. Au moment où les trois demoiselles se retiraient, elle donna à chacune des deux cousines un bouquet de roses, et à Emilie un bouquet de la fleur qu'on nomme communément *ne m'oubliez pas*, et dont le véritable nom est *myosotis*. A ce bouquet étaient jointes quelques autres fleurs.

Emilie reçut le cadeau en rougissant, et fut touchée de la manière délicate et détournée que son amie employait pour lui adresser des reproches si bien mérités, sans divulguer son tort.

— Sophie, lui dit-elle, vous êtes la meilleure fille du monde et l'amie la plus sûre ; je vous remercie de votre joli bouquet, c'est précisément celui qui me convenait.

En rentrant, Emilie déposa son bouquet dans sa chambre ; elle voulait le garder comme un souvenir de sa faute. Le lendemain en se levant il lui frappa les yeux, et elle vit avec étonnement que le myosotis avait le même éclat que la veille, tandis que les autres fleurs étaient toutes fanées.

Elle examina de plus près ce prodige, et reconnut que la touffe de myosotis était formée de fleurs et de feuilles artificielles si bien imitées que c'était à s'y méprendre.

— Vous avez bien fait, Sophie, pensa-t-elle ; j'ai besoin d'un avertissement de tous les jours pour me corriger de ma négligence. Ce bouquet qui ne se fane pas sera un souvenir durable ; matin et soir il me rappellera que je ne dois pas oublier mes promesses ; ma bonne Sophie, vous me rendez service.

Aussitôt Emilie alla chez son amie ; elle lui rendit grâce de sa bonté, de son indulgence, et de l'avis qu'elle lui avait donné d'une manière si aimable.

— Votre leçon, ajouta-t-elle, portera ses fruits ; je prends dès aujourd'hui la résolution, chaque fois que je ferai une promesse, de placer votre bouquet sur ma table de travail, et de l'y laisser jusqu'à ce que j'aie accompli ce que j'aurai promis.

— Très-bien ! bravo ! dit le père de

Sophie, qui était présent, faites cela pendant un mois, et ensuite le bouquet deviendra inutile; les bonnes habitudes ne sont pas plus difficiles à prendre que les mauvaises, seulement il faut vouloir, et vouloir fortement pendant quelque temps.

Dès qu'elle fut rentrée chez sa mère, Emilie fit effort de mémoire et parvint à se rappeler plusieurs engagements qu'elle avait pris; elle les mit par écrit, et le bouquet, placé dans un joli vase, resta sur la table jusqu'à ce que tout fût exécuté.

Elle continua de même et elle éprouvait une vive joie; quand elle pouvait serrer le joli vase, elle se disait :

— Tout ce que je pouvais faire de bien je l'ai fait; personne n'est en droit de se plaindre de ma négligence, elle ne fait plus souffrir personne.

Madame Maurice remarqua bien vite que sa fille se corrigeait du défaut qu'elle lui avait tant de fois reproché ; quand elle vit que rien n'était plus négligé et qu'autant les promesses d'Emilie avaient jadis été frivoles, autant ses engagements étaient maintenant sûrs, elle lui demanda l'explication d'un changement complet et subit. Emilie conta naïvement ce qui s'était passé.

— Tu as bien agi, ma fille, dit la mère, et Sophie s'est conduite à ton égard comme une véritable amie ; vous devez l'une et l'autre en trouver la récompense, c'est à moi d'y pourvoir.

Madame Maurice ne s'expliqua pas davantage, mais elle fit faire deux ba-

gues en or, ornées chacune d'un
myosotis en pierreries. Elle donna ces
deux bagues à sa fille le jour de sa
naissance, en lui disant :

— Garde pour toi l'un de ces bijoux,
et sache t'en servir comme tu te ser-
vais de ton bouquet; quant à l'autre,
disposes-en comme bon te semblera.

Sophie entrait au même moment
pour complimenter son amie sur son
jour de naissance. Celle-ci courut vers
elle et lui dit en lui présentant la ba-
gue :

— Vous n'avez pas besoin d'un souvenir pour exécuter vos devoirs,
chère Sophie ; cependant, prenez ce
myosotis, il vous rappellera celle qui
vous l'offre et le service que vous lui
avez rendu.

Madame Maurice applaudit aux

paroles d'Emilie et apprit en même temps à Sophie que, grâce à l'appui de son mari et à la protection de quelques amis puissants, on venait d'obtenir que la pension de son père serait doublée et passerait à sa fille après lui ; c'était une justice qu'on rendait à cet officier, qui longtemps avait servi avec distinction ; elle lui assurait une petite fortune.

FIN.

TABLE

—

FIN DE LA TABLE.

Limoges. — Imp. E. Ardant et Cie.